JANELL CANNON

Alatorcida

EDITORIAL JUVENTUD

Barcelona

Con agradecimiento para David K. Faulkner, entomólogo, y para David G. Gordon,
escritor y amante de los insectos, por darme la información adecuada;

y para Taffy Cannon, escritora; Jeannette Larson, editora, y Judythe Sieck,
diseñadora, por su contribución a que todas las piezas encajaran.

Gracias a los autores: David G. Gordon, por *The Compleat Cockroach:
A Comprehensive Guide to the Most Despised (And Least Understodd) Creature on
Earth*; Bert Hölldobler y Edward O. Wilson, por *The Ants*,
y Joost Elffers, por *Play with Your Food*.

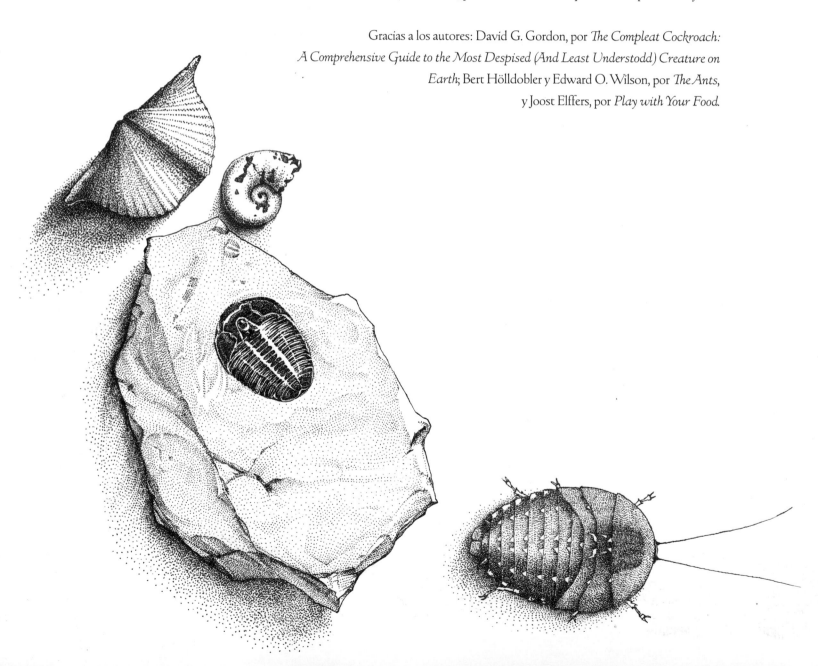

Éste para Jani

Muy por debajo del enorme dosel del bosque se extiende un mundo umbrío al que muchos insectos llaman hogar. Entre la espesa capa de hojas y ramas caídas, hormigas cortadoras de hojas se afanan de sol a sol, mientras grandes cucarachas aguardan el inicio de su búsqueda vespertina de alimento.

Una de esas cucarachas había sido como cualquier otra... hasta que se salvó por los pelos de un sapo hambriento. Se torció una de sus delicadas alas alargadas cuando huía desesperada de la lengua del sapo. Desde entonces, todos la llamaban Alatorcida.

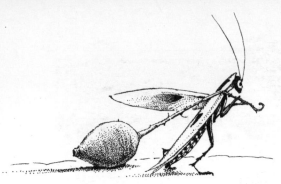

Alatorcida despreciaba su apodo y evitaba escucharlo manteniéndose alejada de las otras criaturas. Prefería buscar con sigilo su comida en lo más profundo de la noche, aunque sabía que el bosque bullía entonces de predadores peores incluso que los sapos voraces.

El bosque parecía mucho menos aterrador siempre que Alatorcida daba con un sabroso montón de hojas, raíces y pétalos. Encontraba consuelo en sus colores intensos y sus curiosas formas y, a menudo, creaba esculturas con los ingredientes que luego ingería. Cuando trabajaba con la comida casi olvidaba el dolor de su ala torcida.

Una noche, Alatorcida esculpió la mejor escultura que hubiese creado jamás. Estaba tan concentrada en el trabajo que no oyó los pasos sigilosos a su espalda...

¡Plam! ¡Crac! Un mono de ojos penetrantes le dio
un manotazo a Alatorcida y se apoderó de su escultura.

Alatorcida se puso a cubierto.

—Se lo permito sólo porque es muy grande —gruñó,
encogiéndose bajo un leño podrido.

Alatorcida permaneció allí hasta la noche siguiente, cuando el hambre la obligó a salir en busca de comida. Pero tan pronto como hubo añadido el último pétalo de flor a su cena, un enorme lagarto escamoso casi se la traga. Alatorcida lo esquivó pero el lagarto se largó con su creación comestible.

−¡Otra obra maestra destrozada! −jadeó Alatorcida−. Estoy famélica y me duele el ala. No sé hasta cuándo podré resistir.

A la tercera noche las cosas le fueron incluso peor.
Un ocelote dio un salto y estuvo a punto de aplastarla.
Cuando Alatorcida salió disparada como una flecha,
el ocelote la levantó con su poderosa zarpa y la lanzó
por los aires.

—¡Oh, no! —se lamentó Alatorcida—. ¡Otra vez, no!

Cuando aterrizó, Alatorcida se zafó y, muerta de miedo, se coló bajo una piedra. Allí rompió a llorar.

—¡Estoy tan cansada de tener que correr y correr para librarme de predadores enormes! —Estaba furiosa—. ¡Detesto ser tan pequeña! ¡Y odio ser incapaz de terminar alguna vez una comida! ¡No soy más que un exoesqueleto!

Pasó toda la noche en su escondite soportando un dolor punzante en el ala.

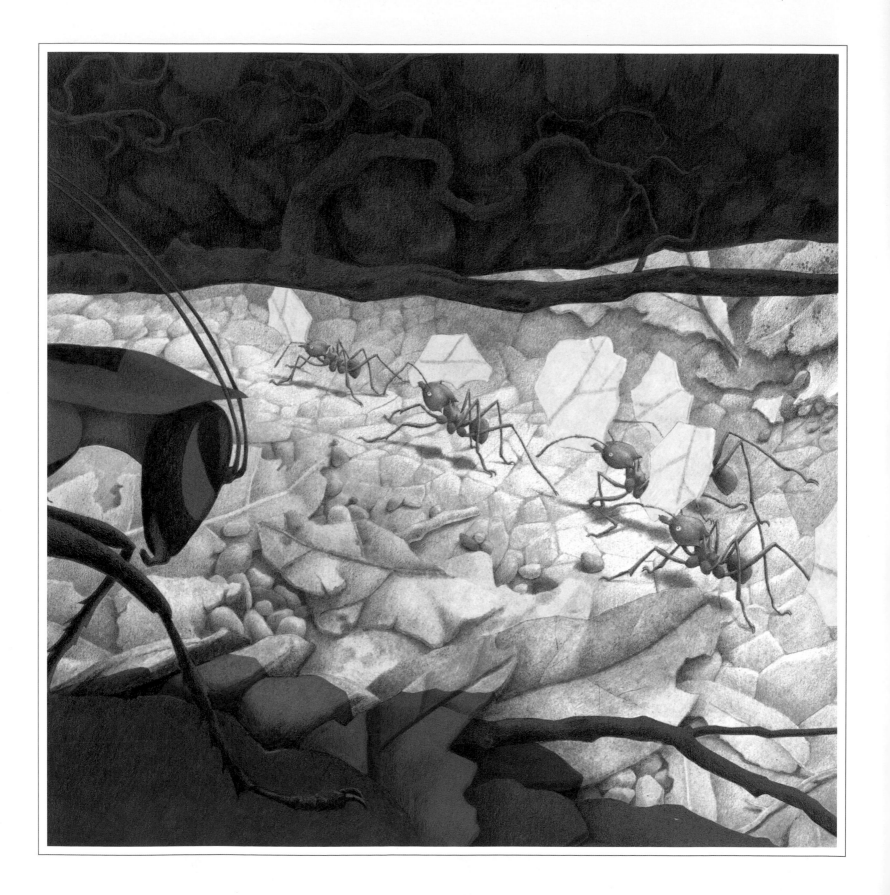

Muchas horas después, el sol se coló en la cavidad y las hormigas cortadoras de hojas comenzaron un nuevo y ajetreado día. Millares de trabajadoras diminutas transportaban grandes trozos de hoja hacia las profundidades de su colonia.

Alatorcida, aturdida y todavía hambrienta, se arrastró para verlas mejor.

—¡Ajá! Estas son más débiles que yo —murmuró.

Ninguna hormiga dio muestras de notar su presencia.

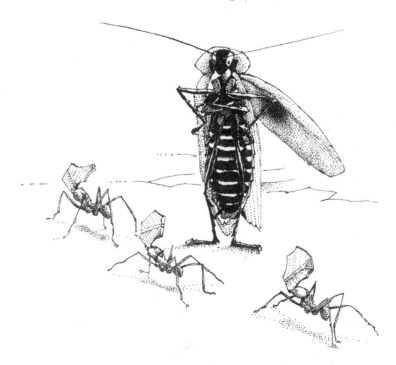

Alatorcida se acercó despacio.

   –Estos insectos tienen algo que me saca de quicio.
¿Por qué a estas papanatas nadie las molesta?

   Colocó una pata en el camino de las cortadoras de hojas.

   –Bueno. Vamos a ver qué pasa –se regodeó–. ¡Buen
viaje! ¡Aquí os espero!

Varias hormigas tropezaron, pero luego volvieron al trabajo como si Alatorcida ni siquiera estuviera allí.

—Esto les llamará la atención —gruñó, y levantó una hoja de la hilera. La hormiga que la transportaba quedó colgada de ella, lo que le dio una idea mezquina a Alatorcida. Colgó unas cuantas hormigas de una enredadera, y observó con regocijo cómo agitaban las patitas en el aire. Alatorcida se desternilló de risa hasta tal punto que casi olvidó que le dolía el ala.

Aquella noche, Alatorcida devoró un dulce capullo de flor sin ni siquiera fijarse en su deslumbrante color púrpura. Tenía trabajo que hacer.

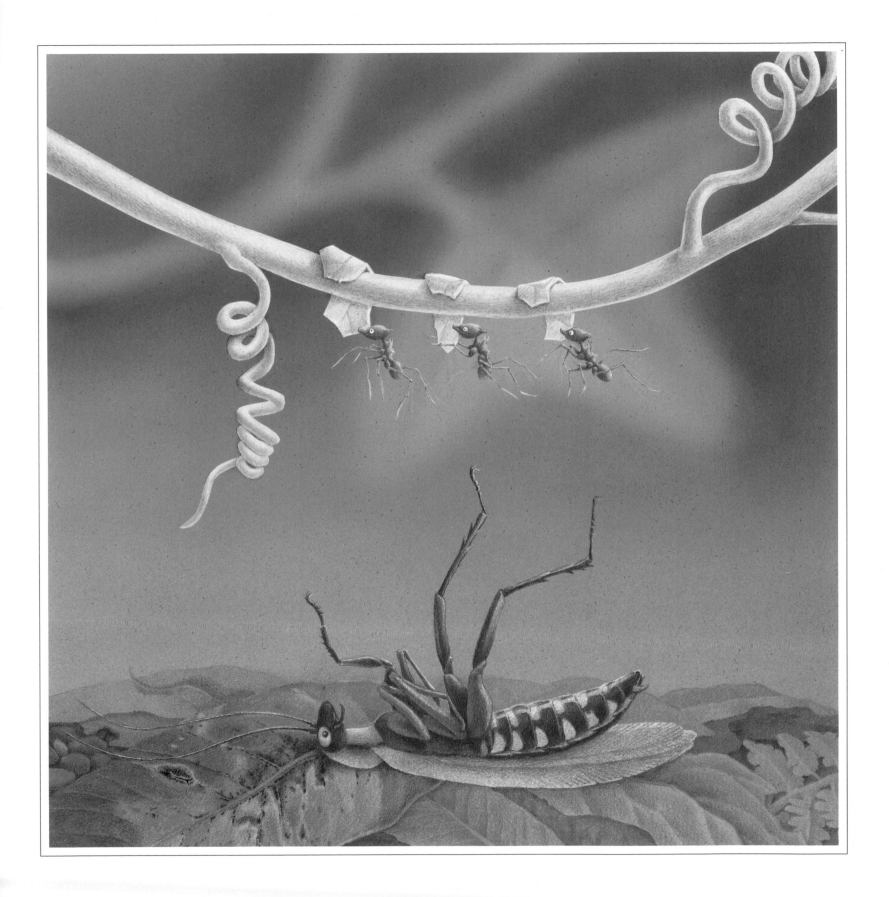

Cavó un agujero profundo en medio de la senda de las hormigas. Después se apostó detrás de una piedra a esperar, para ver qué harían las cortadoras de hojas.

Con las primeras luces del amanecer, las hormigas salieron a trabajar como de costumbre. A su regreso, con la carga sujeta entre las mandíbulas, veían a duras penas por dónde pisaban. Se despeñaron y formaron un montón verde en el fondo del hueco.

—¡Qué fácil es engañar a estas moléculas insignificantes! —se mofó Alatorcida.

En el interior de la colonia, la reina de las hormigas convocó una reunión.

—¡La producción ha bajado esta semana! —tronó—. ¿Qué demonios pasa?

—Se trata de una cucaracha, Alteza —farfulló Terra.

—Se mete con nosotras —añadió Grava.

—Ninguna cucaracha se mete con nuestra colonia. ¡Atrapadla! —ordenó la reina.

A la mañana siguiente, las hormigas encontraron a
Alatorcida ocupada con su última trampa. No pudo escapar.
Miles de hormigas se abalanzaron sobre ella, la arrastraron
al fondo del hormiguero y la condujeron por sus oscuros
y sinuosos corredores. Cuando los túneles se estrecharon,
las hormigas embutieron a su prisionera por un último paso.
¡Plop! El ala volvió a su lugar y Alatorcida se dio cuenta de que
el dolor punzante desaparecía. Antes de que pudiera pensar
en otra cosa, las hormigas la empujaron hacia una cámara y la
enterraron hasta el cuello. Durante horas, la colonia desfiló
ante ella cuchicheando cosas como «¿Por qué crees que se
volvió tan mala?» y «Su madre debe de tener el corazón
destrozado».

—Esta necia ha aparecido justo a tiempo para la ofrenda de paz anual a las hormigas devastadoras —se felicitó la reina—. No hay modo de que nos ataquen si les entregamos a esta maldita giganta. ¡Atad a esta pava cebada y mandádsela!

Las cortadoras de hojas ataron a Alatorcida, la arrastraron de vuelta por los túneles oscuros y la transportaron a hombros por el bosque.

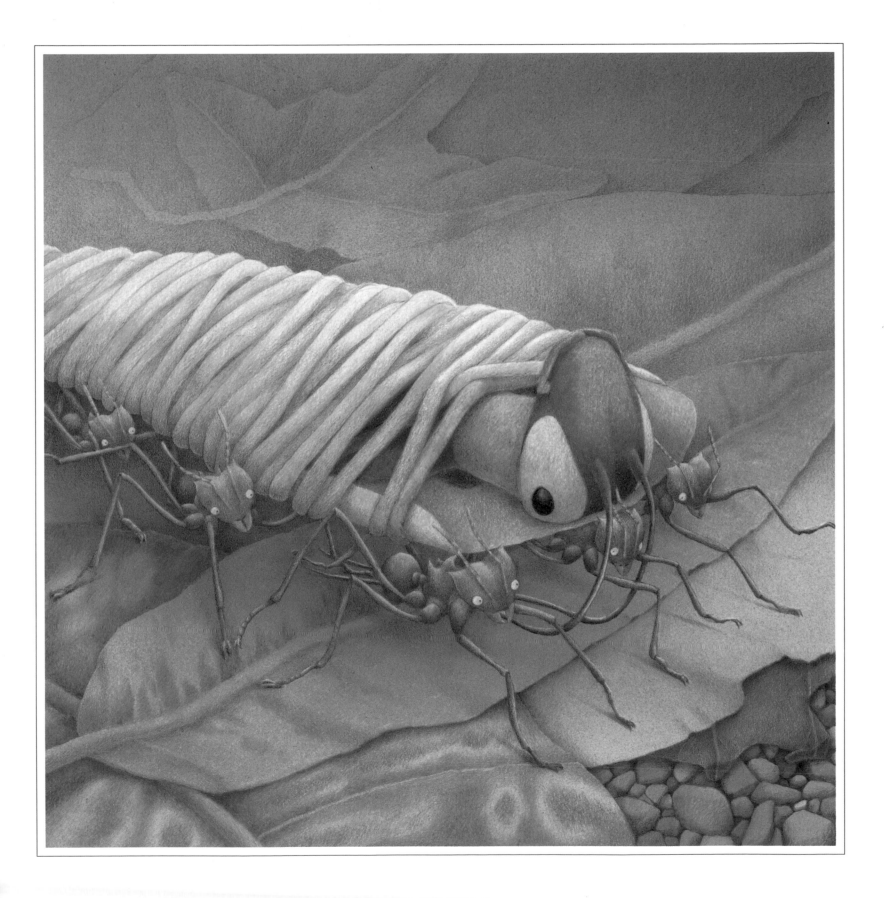

Las hormigas caminaron en silencio un buen rato.

—No puedo hacer esto —soltó por fin Terrena.

—Ni yo —se estremeció Terra—. ¿Recuerdas el escarabajo que entregamos a las hormigas devastadoras el año pasado?

—Sí. Acabaron con él antes de que hubiéramos podido darnos la vuelta y marcharnos —dijo Grava.

Alatorcida tragó saliva.

—Nadie se merece eso, ni siquiera esta fanfarrona —comentó Terrena—. Dejemos que se vaya. De hecho nunca ha hecho verdadero daño a nadie.

—¿Qué le diremos a la reina? —jadeó Terra.

—Y… ¿qué hay de las hormigas devastadoras? —gritó Grava—. Arrasarán nuestra colonia.

—Simplemente, no puedo ver cómo hacen pedazos a esta desdichada —insistió Terrena—. Ya decidiremos algo en el camino de vuelta. ¡Vamos!

Las hormigas soltaron a Alatorcida y huyeron.

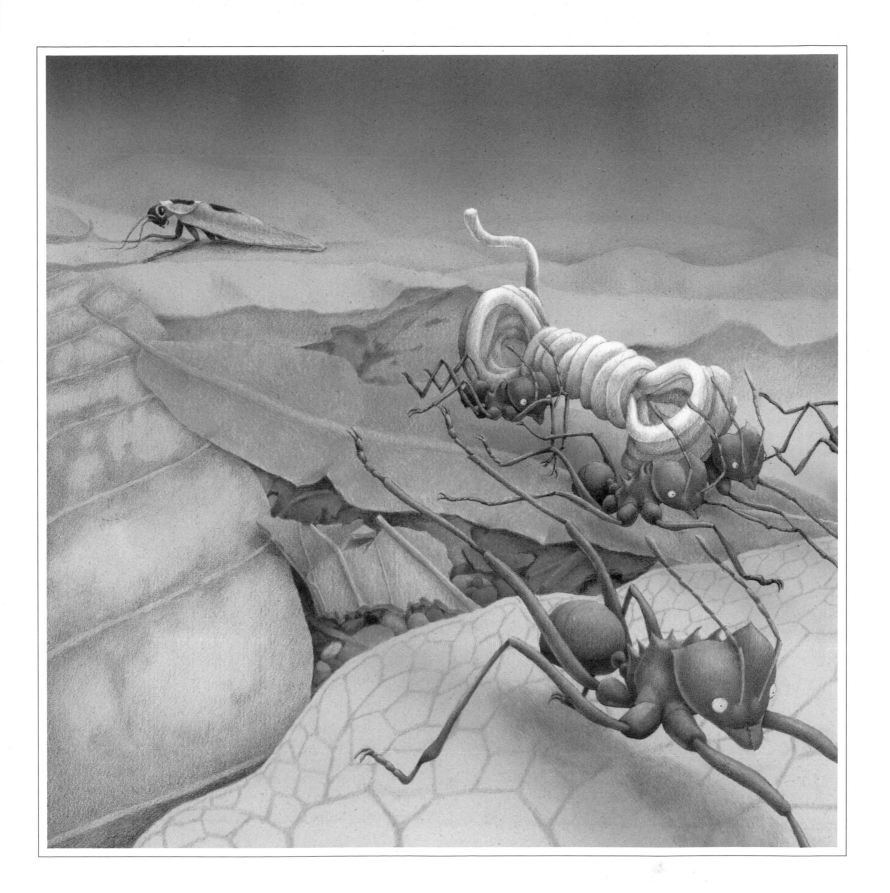

Alatorcida estaba atónita. «¡La reina pedirá sus cabezas! La colonia entera de cortadoras de hojas se encuentra en verdadero peligro... y todo por mi culpa.» Ahora que el ala ya no le dolía, podía pensar con claridad. «Tengo que hacer algo, pero ¿qué?» Alatorcida tuvo entonces una idea brillante.

–¡Esperad! ¡Esperad! –chilló, saliendo en persecución de las cortadoras de hojas–. ¡Puedo ayudar! ¡Esperadme!

Expuso su plan y las hormigas la escucharon con atención.

–Tenemos que actuar rápido, pero si todas colaboráis, me parece que saldrá bien –dijo Alatorcida.

–¿Podemos confiar en esta bocazas? –se lamentó Grava.

–¿Tenemos otra opción? –le espetó Terra.

–Merece la pena intentar llevar a cabo el plan y haremos lo que podamos para que la reina tenga paciencia –prometió Terrena–. Pero no nos queda mucho tiempo.

–Montad todas sobre mi espalda –dijo Alatorcida–, soy una corredora veloz.

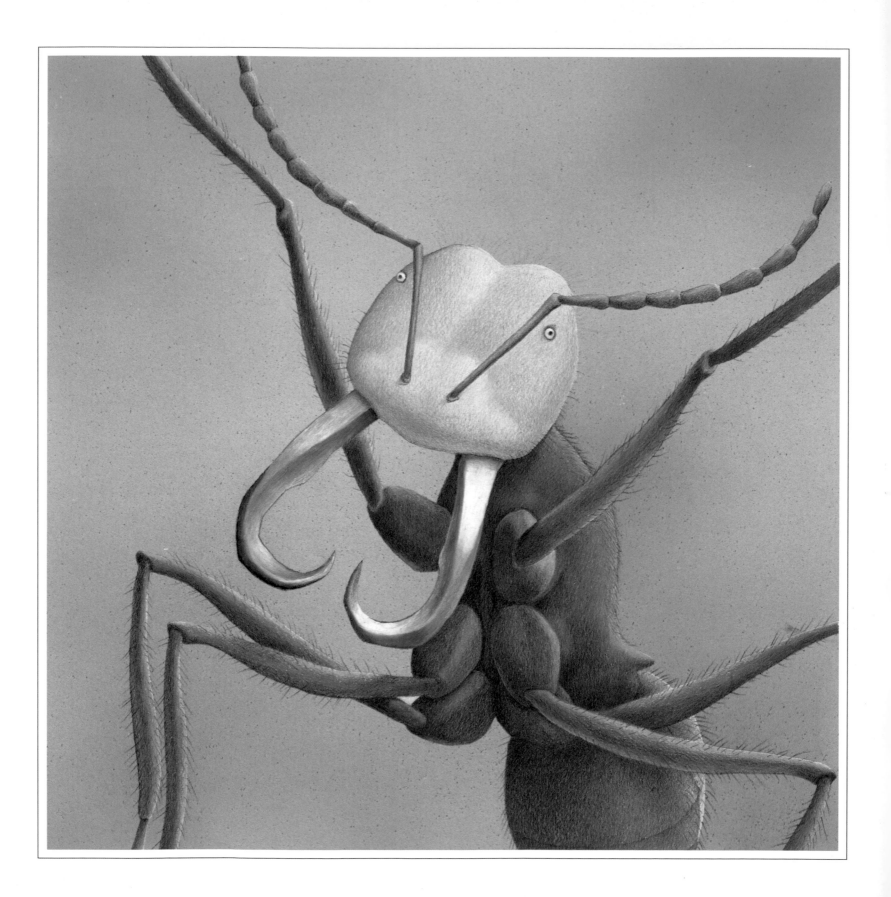

En un rincón alejado del bosque, en el campamento
de las hormigas devastadoras, la teniente andaba enojada.

—¡Estas tontas comedoras de hojas se retrasan! —gruñó—.
Si no tenemos su ofrenda de paz mañana al amanecer,
iremos y tomaremos lo que nos corresponde por derecho.

A medida que pasaban las horas, la inquietud de las
devastadoras iba en aumento.

Al alba, el ejército se apiñaba, listo para salir a la conquista.

—¡Nadie, absolutamente nadie, hace esperar a las hormigas devastadoras! —clamó la teniente y, como un río furioso, las guerreras se desparramaron sendero abajo hacia el hormiguero de las cortadoras de hojas.

Cuando las feroces hormigas remontaron la última colina, se pararon en seco...

Por un momento que pareció eterno se quedaron
mirando fijamente en silencio el más extraño y verde oso
hormiguero que hubiesen visto en la vida. Se cernía enorme
sobre ellas, con su terrible lengua colgando de la boca.

La voz chillona de la teniente rompió el silencio.

—¡Alto! ¡Media vuelta! ¡Retirada!

Las hormigas devastadoras tropezaban unas con las otras
en su huida hacia el campamento, sin que ninguna osara
mirar atrás.

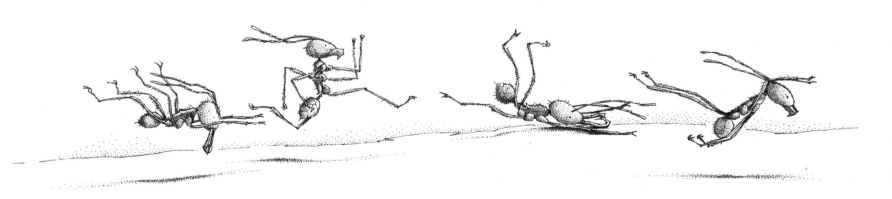

Subidas a la cabeza frondosa del oso hormiguero,
Alatorcida y las hormigas cortadoras observaron a las
guerreras hasta que las vieron desaparecer en el bosque.
No recuperaron el aliento hasta que la horda terrorífica
se desvaneció por completo. Luego la reina se aproximó.

—No creo que volvamos a verlas, gracias a ti y a tu enorme
escultura, Alatorcida —dijo, y añadió—: ¿O ahora debemos
llamarte Aladerecha? Necesitamos a alguien que nos ayude
a reciclar este oso hormiguero, así que espero que te unas
a nuestra colonia. Y me han dicho que eres un chef increíble.

—Oh, me gusta jugar con la comida, eso es todo
—respondió—. Y, por favor, llamadme Alatorcida. Alteza,
me encantaría quedarme. Lo primero que quiero hacer
es preparar una celebración para todos.

—¡Tres hurras por Alatorcida! —gritó Terrena.

Todas las hormigas se unieron a la aclamación y se desparramaron luego afanosas por el bosque. Reunieron los pétalos de flor más vistosos que lograron encontrar y los cortaron en trocitos multicolores.

Durante la noche del banquete, todos tiraron confeti de flores, bailaron y cantaron hasta que la luz del sol empezó a colarse entre los árboles.

La reina observó el amanecer y parpadeó soñolienta.

—Declaro fiesta el día de hoy —dijo con un bostezo.

—¡Bien dicho! —aprobó Alatorcida.

Y por primera vez en la historia de la colonia, las cortadoras de hojas se tomaron el día libre.

NOTAS SOBRE LAS CUCARACHAS

El mundo acoge cerca de 4.000 especies de CUCARACHAS, y continuamente se descubren otras nuevas. Las diferencias entre ellas son asombrosas. Varían en tamaño desde los diez centímetros de la gigante a los tres milímetros de la cucaracha que se desplaza subiéndose al lomo de las hormigas cortadoras de hojas.

Algunas son de un verde intenso, otras parecen mariquitas.

Unas poseen bonitas rayas, la parte trasera de otras es de un naranja encendido. Hay una extraordinaria cucaracha anfibia, lo que significa que se pasa buena parte de su vida buceando en lagunas y ríos, comiendo hojas caídas, peces muertos y algas.

Aunque las cucarachas parecen extremadamente abundantes, la de la cueva Tuna, en Puerto Rico, está en regresión y no tardará en pasar a formar parte de la lista de especies en peligro de extinción.

La mayoría de las cucarachas viven en las regiones cálidas y húmedas próximas al ecuador. Las selvas pluviales acogen miles de especies distribuidas desde el suelo hasta las copas de los árboles. Algunas cucarachas soportan el calor extremo de los desiertos mientras que otras logran existir en climas gélidos. Aunque pocas especies son originarias de las zonas más frías, los humanos, sin ser conscientes de ello, han extendido el hábitat de estos insectos hasta ellas, al construir espacios llenos de calidez y comida que ayudan a que las cucarachas prosperen.

Las cucarachas comunes que la mayoría de la gente suele temer y detestar pertenecen a sólo cinco especies: alemana, oriental, americana, de bandas marrones y de Madeira. En conjunto, cerca de cincuenta especies más se consideran una plaga: menos del uno por ciento del total de la familia. Los miles de especies restantes se conforman con vivir alejadas de la gente, como han hecho durante millones de años. La mayoría comen hojas y frutos, y sus excrementos contribuyen a fertilizar el suelo. Algunas polinizan las flores. A muchos animales selváticos la cucaracha les parece un bocado delicioso y rico en proteínas. Si tenemos en cuenta el tiempo que estos insectos han sobrevivido sobre la Tierra, no es difícil entender que nosotros, los humanos, invadimos la despensa de las cucarachas mucho antes de que ellas entraran en la nuestra.

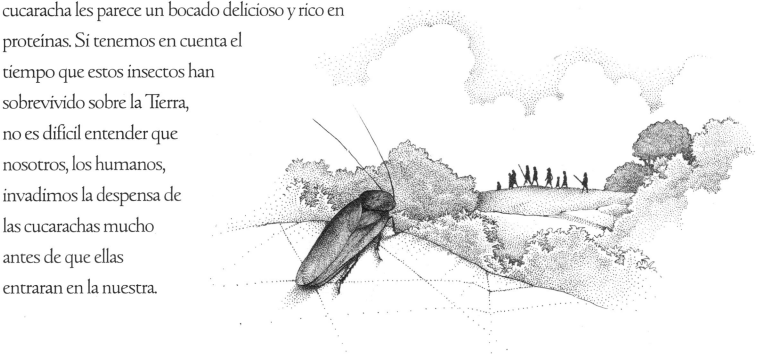

NOTAS
SOBRE
LAS HORMIGAS

Existen cerca de 8.000 especies de hormigas en el mundo. Hay especies originarias de casi cualquier parte del planeta, excepto de la Antártida, Islandia, Groenlandia, Polinesia y otras islas pequeñas del Atlántico y del Índico... aunque han emigrado hormigas de otros lugares incluso hasta dichas regiones. Las hormigas son las mejores removedoras de tierra. Su construcción de túneles afloja el suelo y facilita el crecimiento de las plantas. Muchas especies de hormigas contribuyen a que la vegetación se extienda porque dispersan las semillas. Al almacenar comida, nutren el suelo.

Una colonia de HORMIGAS CORTADORAS DE HOJAS puede desplazar 40.000 kilos de tierra para construir el hormiguero. Las galerías y las cámaras, de hasta 24 metros de profundidad, albergan millones de hormigas. Podría pensarse que recogen follaje simplemente porque les gusta comer ensalada. Pues no: las cortadoras no comen hojas, sino hongos. Las hormigas de mayor tamaño salen al bosque, donde usan sus poderosas mandíbulas afiladas para cortar trozos de hoja. Vuelven a la colonia y allí hormigas más pequeñas dividen esos trozos en pedazos todavía menores. Otras hormigas diminutas recortan aún más los pedacitos y los usan para abonar unos hongos que crecen únicamente en sus cavernas. Las hormigas más pequeñas llevan a cabo tareas de desbroce y transportan agentes antibacterianos para mantener los cultivos libres de enfermedades y hacerlos productivos. Toda la colonia se nutre de dichos hongos.

Las HORMIGAS DEVASTADORAS viven en los bosques del sur de México, Brasil y Perú. Estos insectos guerreros nómadas son famosos por su espectacular técnica de caza. Durante una batida, centenares de miles de hormigas recorren en grupo el suelo de la selva, lo revuelven todo y se comen cuanta criatura atrapan; los insectos que consiguen escapar se los zampan los pájaros insectívoros que siguen al ejército. Los pájaros insectívoros a su vez son seguidos por unas mariposas que se alimentan de sus excrementos. Lo que nadie reclama, lo recogen las numerosas moscas que revolotean alrededor.

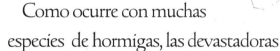

Como ocurre con muchas especies de hormigas, las devastadoras poseen distintos tamaños y formas según su función en la colonia y su estadio de desarrollo. La mayoría son cazadoras. Las mayores, grandes hormigas soldado con mandíbulas enormes como espadas, avanzan a los flancos para proteger a las cazadoras mientras éstas buscan presas. Otras obreras ayudan a alimentar a las mayores, cuyas mandíbulas están adaptadas no para comer, sino para luchar.

A diferencia de la mayoría de hormigas, las devastadoras no construyen un hormiguero. Cuando llega la noche y hay que descansar, la colonia entera se arracima en un gran grupo, llamado campamento, por lo común protegido por un árbol. Se necesita mucha comida para alimentar un grupo grande de hormigas devastadoras, así que cazan a diario. Cuando llega el momento de procrear, las hormigas acampan una temporada; y con sus cuerpos resguardan a la reina y a los pequeños. Cuando las nuevas trabajadoras están listas, las devastadoras se ponen en marcha de nuevo.

© 2000 by Janell Cannon
Todos los derechos reservados
Título de la edición original: CRICKWING
publicada por Harcourt Brace & Company
Los derechos de la traducción española fueron negociados
con la agente literaria Sandra Dijkstra
© de la traducción española:
EDITORIAL JUVENTUD, S. A.
Provença, 101 - 08029 Barcelona
info@editorialjuventud.es
www.editorialjuventud.es
Traducción de Paula Vicens
Tercera edición, 2006
ISBN 84-261-3159-X
Depósito legal: B. 37.239-2006
Núm. de edición de E. J.: 10.852
Impreso en España - Printed in Spain
Ediprint, Llobregat, 36 - 08291 Ripollet (Barcelona)